光文社文庫

生きることば あなたへ

瀬戸内寂聴

光 文 社

◎目次

幸せはあなたの心の中に——まえがき

人は生まれた時、定命《じょうみょう》というものを与えられています。この定命が尽きるまではこの世で生きていなくてはなりません。

生きることは楽しいことばかりではありません。お釈迦《しゃか》さまはこの世は苦しみの世の中だと教えていらっしゃいます。

わたしたちは、心の中にまっ暗な「無明《むみょう》」というものを持っています。光りのないこの無明の中に、人間のあらゆる煩悩《ぼんのう》がつまっています。煩悩というのは、人間の欲望のことです。あれが欲しい、これが欲しい、あの人が羨《うらや》ましい、あの人が憎い、もっとお金が欲しい、名誉も地位ももっと欲しい、といった欲望で、この煩悩は誰でも限りなく持っているといわれています。

誰でも生きているうちには、人を羨んで嫉妬したことはあるでしょう。嫉妬が高じて、気がついたら相手を憎んでいたことはありませんか。何かを手に入れたいという欲望は、限りなくて、いくら手に入れても、その瞬間からまた、次のものを欲しがってしまいます。

愛されたいと思い、ようやくその人に愛されるようになっても、もっと愛してほしいと思い、心の安まることもありません。

愛したとたん、苦しみがはじまるのが恋というものです。

新しい世紀に期待をかけ、あれもこれもよくなってほしいと祈ってきたのに、さて新世紀に身を置いてみると、ちっともいいことはなく、何だか前の世紀のほうがよかったような、なつかしいような気がしませんか。

人間はいつも、ないものねだりなのです。そして心はいつも満たされない想いで、ぎしぎし音をあげているのです。

あんまりつまらないし、辛いからいっそ死んでしまおうと思っても、定命の尽きていないうちは、死ねないのです。

深夜、思いわずらって眠れない時、誰かに苦しい胸のうちを打ち明け、聞いてほしい時、孤独にさいなまれて、さめざめとひとりで泣きたい時、ふと、手をのばして頁《ページ》をくってみたい小さい本があれば、どんなにか心が慰められることでしょう。

わたしはそういう時、よく少女の頃から好きだった詩集を枕許に置いて、もうそらんじている詩をくり返し口ずさみ、心が落ちついたものでした。

もし、この小さな本があなたにそういう役目をしてくれたら、そんな嬉しいことはないと思います。

どの頁にも、あなたにわたくしが心をこめて語りかけています。

あなたの悩み、苦しみを、どうかわたくしに話して下さい。そうして、この本の中から、わたくしの答えを探して下さい。

できたら、ハンドバッグやリュックの中にいつでもこの小さな本をしのばせておいて下さい。あなたのひとりの時のお友だちにして下さい。

あなたの今の悩みや、苦しみや、悲しみは、けっしてあなたひとりのものではありません。個人的な心の悩みは、普遍的なもので、人間すべてが共有しているものなのです。

あなたはけっして、ひとりぼっちではないのです。人間は生まれた時からひとりで生まれ、死ぬ時もひとりで死んでゆきます。孤独は人間の本性なのです。

だからこそ、人は他の人を求め、愛し、肌であたため合いたいのです。

でも人を愛する情熱は必ず、さめるものです。自分の情熱が、または相手の情熱がさめたのを認めた時、人間は苦しみます。

苦しんだこと、悲しんだことのない人は、他者の苦しみや悲しみを思いやり同情することが出来ません。

相手が今、何を求めているか、何に苦しんでいるかを想像することが思いやりです。その思いやりが愛なのです。つまり想像力イコール愛ということです。

他の人が苦しみ、悲しんでいる時、そっとこの本を持たせてあげて下さい。きっとその人はこの本のどこかの頁から、自分の求めていた声を聞くことでしょう。

あなたはただ、だまってその人の苦しい心の訴えを聞いてあげればいいのです。

答えは、この本のどこかの頁がしてくれます。

生きている限り、わたくしたちは幸せになる権利があります。

人間は幸せになるために、この世に生まれてきたのです。

そして、自分の存在によって、他の誰かを一人でも幸せにするために生きているのです。

世の中は新しい世紀を迎えても一向に明るいことはないようです。でも、あなたは絶望しないで下さい。未来が若いあなたの手の中にあるのです。

過ぎ去った過去を思いわずらうことなく、未来に脅《おび》え、心配することなく、生きているこの今の一瞬に、全身全霊をかけ、切《せつ》に生ききって下さい。

幸せはいつもあなたの心の中にいるのです。さあ、あなたの心をのぞきこんで下さい。

二〇〇一年一月吉日

瀬戸内寂聴

一　わかれ

逢った者は必ず別れます。
別れのつらさには、決して馴れるということがない。
いくどくり返しても、別れはつらく苦しい。
それでもわたしたちは、こりずに死ぬまで、
人を愛さずにはいられない。
それが人間なのです。

愛する人に別れたことのない幸せな人は、
愛する人に別れた人に、やさしい手をさしのべることはできないでしょう。
悲しみを知らない人は、人の悲しみがわからないからです。

人間は、生まれる場所や立場はちがっても、
一様に土にかえるか海に消えます。
何と平等なことでしょう。

生と死は相対的なものではなく、水が氷になったような、ひとつのものの変化にすぎず、表裏《ひょうり》一体でひとつづきのものなのです。

旅がひたすらわたしを招き、旅情がひとしお身にしみるのは、旅で出会うすべての風景や人とは、やがておとずれる別れを前提として接するためなのでしょう。

生きてある日は今日ばかりとは、このごろのわたしの真実の実感です。逢う人はすべて一期一会《いちごいちえ》とおもい、心をこめた別れ方をしておきたいと思っています。

そう思いはじめてから、いっそう人がなつかしく、恋しく思われるのもありがたいことなのです。

別れは、いつでもすぐ一分後にあると考えるべきです。

大好きな花びんを、かわいい猫が落として一分後にはこわしているかもしれない。花びんひとつでもそれは別れです。

すぎていくこの一瞬も、別れでなくて何でしょう。

一瞬一瞬に心をこめて、真剣に悔いのないよう生きていくしかないのです。

わたしたち人間は生まれたときから、死という種子《しゅし》を体内に抱《かか》えている果実のようなものです。いつも一緒にいるので、つい死について無関心になっているのではないでしょうか。愛する人の死や自分の大病に遭《あ》い、初めて自分のなかに抱えていた死について、愕然《がくぜん》と考え始めるのがわたしたち普通の人間なのでしょう。

旅は恋と似ています。
旅を好む人は、すべて詩人といっていいかもしれません。
旅はまた、死にも通じています。
還《かえ》らぬ旅に出る、ということばを考えだしたのは、どこの詩人なのでしょう。

死ぬ日に向かって、なぜこの世に生かされているかを真剣に考えるのが、わたしたちの今日であり、明日であるのでしょう。

逢った人間は必ず別れなければなりません。
死なない人間がいないように、別れのない人間どうしの関係も
ありえないのです。

わたしはただ自分の才能の限界を、生きている間にできるだけ押し開いてみようと努力しているだけで、決してたいした芸術家ではありません。ただひとつだけ芸術家であろうとして守ってきたことがあります。それは、家庭を捨ててから今までの間に、人生の別れ道に立ったとき、必ず危険なほうを選んできたということです。そのためにいろいろ苦労もしました。けれど、後悔したことはありませんでした。

わたしは定命《じょうみょう》という言葉が好きです。

人間には定命があります。

まさに良寛《りょうかん》のいう、

「死ぬときは死ぬるがよろしく候」

なのです。

だれでも一度は、愛する者に別れるという悲しみの試練を受けています。愛する者と一刻でも多く共にいたいと思い、愛する者の長く生きることを願うのは当然の感情です。それなのに死が愛する者を奪い連れ去るのですから、こんな悲しいことはありません。

末期《まつご》の目、ということばがあります。
人間が死ぬと決まったときの目に映る世界は
どんなにか美しく、愛しいものでしょう。
あらゆる、ものというものが、
ひときわ光彩を放って映ることでしょう。
お釈迦《しゃか》さまは死の近づいたころ、
「この世は美しい。人の心は甘美なものだ」
とおっしゃいました。

仕事に打ちこむためには恋も必要です。
恋は人間の情熱をつくる燃料です。
燃料がないと、からだも頭もよく動きません。
そして新しい恋は、旧い恋を捨てなければ訪れては来ないのです。

「あなた、恋をしているのね」
と聞かれたとき、
「もうすんだのよ」
と答えた人がありました。
しているというより終わったという答えのほうが、
はるかになまめかしく、
おいしい葡萄酒のような短編小説を読んだかのような後味が残ったのを
忘れられません。

お釈迦さまは生まれて一週間くらいで、生母のマーヤ夫人《ぶにん》を失われました。

生まれてすぐ生母に死に別れた体験は、生まれた者は必ず死ぬということ、逢った者は必ず別れるということ、愛する者との別れはどんなにつらいかということを、身をもって思い知らされたということでした。

仏教ではこういう運命を、〝生者必滅《しょうじゃひつめつ》、会者定離《えしゃじょうり》〟といいます。

これは人生の無常《むじょう》を説いているのです。

この世は決して今のままで定まっているのではない。

すべての物事は刻々に、自然もふくめて動き移っているのだ、ということです。

死ぬということは、生命を川の流れに注ぎきり、川を太らせ、
永劫に流れつづけるその川の中に、蘇生《そせい》するということかもしれません。

人間は五十になったら老いて、六十になったらくたびれて、七十になったら死ぬと決めてしまわないで、もしかしたら百二十まで生きるかもしれない、百五十まで生きるかもしれない、そう思って生きてみませんか。もしひょっとして明日死んでも悔いはないはずです。自分は百二十まで生きようと思っていたのに不思議だなあ、と思いながら死んでいくのも、いいのではないでしょうか。

波は去ったあとに、ときおり可憐な貝殻を濡れた砂に置いていったりします。
人との出逢いのあとには、必ず想い出が残されます。
たとえ傷つけ合った別れでも、想い出のなかでは美しかったことや、
なつかしかったことが渚の桜貝のようにちりばめられているものです。
生きるとは、人に出逢い、やがて別れていくこと。
限りなくくり返し渚に打ち寄せ、去っていく波の動きに似ています。

すべてが老い、滅びの道をたどる運命のなかで、ただひとつ老いない滅びないものがあります。それは法《のり》です。仏法《ぶっぽう》です。ダンマパダ、真理の教えです。釈尊《しゃくそん》はそれを説かれたのです。二十九歳のとき家を出た釈尊は、全国を遊《ゆ》行《ぎょう》して人々の苦しみを救い、正しい教えを説かれ、八十歳で病に倒れ、入滅されました。

その死には何の奇跡もあらわれず、ふつうの人間と同じ死を迎えました。最後の旅の途上で釈尊は、

「わたしは老いてしまった。わたしの体はポンコツ車のように、古びた革紐でやっと部品をつなぎとめているようなものだ。ああ、疲れた」

と、述懐されています。何という悲しい、でもなつかしいおことばでしょう。釈尊もわたしたちと同じ人間として、老いられたのです。

わたしたちもおそれず、しかし万全の用意をして、老いの日を迎えましょう。

長い生涯には古い友情、古い付き合い、古い恋、そんなものを捨てなければならない人生の曲がり角もやってきます。思いきって捨てて曲がってみると、意外に心身のさわやかさに恵まれたりもします。目に見えない垢《あか》や苔《こけ》のようなものを時々、物心ともに捨てる技術も、生活の知恵のひとつかもしれません。

愛する者との死に真向きになったとき、人ははじめて
その人への愛の深さに気づきます。
そして、愛する者との時間の永遠を欲するため、
断ちきられるその時間に対して、
身悶《みもだ》えし、辛がるのでしょう。
わたしの命ととりかえて下さいと、人は思わず何かに向かって祈ります。
そのときの純粋な愛の高まりこそ、この世で最も尊いものでしょう。

あなたが平凡な家庭を守り、平凡な人生を送りたいと思っているならば、別れ道に立ったときに平穏な道を選ぶべきです。そのほうが穏やかに暮らせますし、つらい思いもしないですむでしょう。けれどももし、人よりもすばらしい世界を見よう、人の歩いたことのない道を歩いて、そこにある宝にめぐり逢おうとすれば、どうしたって危険な道、剣呑《けんのん》な道、こわい道を歩かねばなりません。いつも断崖絶壁の淵に立って、こっちへ落ちれば身がこなごなになるかもしれない、あっちへ落ちれば獣に食われるかもしれない、そういう道を求めて歩くのが才能に賭ける人の心がまえではないでしょうか。

わたしを残して他界していった人たちの魂。

わたしの人生で重要な役を果たしてくれ、逢うべくして逢った人たち。

わたしはこの頃、いつでも自分の身のほとりに、彼らの気配を感じとります。

ふっと気がつくと私は彼らに話しかけ、彼らの答えをはっきりと聞いています。

深夜、孤独な執筆に熱中し、ふと、ペンが止まったとき、身のほとりにあたたかな感じで彼らはいます。肉体は消えているので透明だけれど、霊魂《れいこん》は在りし日のままのまなざしで、それは彼らが、わたしに示してくれた一番やさしくなつかしいもののままなのです。

わたしたちに音声はいらない。得度で一度死んだわたしは、彼らとの間ではすでに死者どうしで、霊魂語で語りあえるのですから。

姉の送ってくれた三十株の牡丹《ぼたん》に寒肥をほどこしながら、あの冬も格別寒かったと想います。白梅をくれた老人も、紅梅をくれた華やかな女人も、すべて浄土の人になっています。

花の咲くのに立ち合い、美しい日を仰ぐ度、今年が見おさめかもしれないと、ひそかに心をこめるようになってきました。

人と逢って別れるときも、いつもそれを想い、だからこそ、いっそう自然も人もなつかしく、美しいところだけが心にしみてくるのです。

人は何処《いずこ》より来て、何処へ行くのか。

わたしは今もってわかりません。

わかっていることは、自分は自分の意志でこの世に生まれてきたのではないということ、この世にいる時間を自分の都合で調節できないということだけです。

何かの意志でこの世に送られてきたわたしは、あるときまでこの世に留めおかれます。それまでは自殺したところで未遂《みすい》に終わるのがおちでしょうし、寿命のつきるときはどんな妙薬《みようやく》を投じられても甲斐《かい》はありません。

旅に出るときどれほど用心しても、堕《お》ちる飛行機は堕ちるし、沈む船は沈みます。

人間の無力さに気づいたとき、わたしは出家《しゆつけ》しました。

しかし、出家というのも何かの意志に動かされ、そうせざるをえない方向に自分の心境をもっていかれたとしか思えないのです。

素直な、純な人の最期のことばが今も耳についています。

「みんながよくしてくれて、ほんとうに幸せで、今が極楽。でも、今が幸せだから、こんないい人たちと別れてひとりで死んで往《い》くのがさびしいし、心細い」

生きている与えられた限られた時間に、思い残すことなく人をたっぷり愛しておかなければとしみじみ思います。

「家出《いえで》」と「出家《しゅっけ》」。

共通なのは、持っているものを捨てるという点です。

「もの」に執着の強い人は、二つながらできません。

「もの」とは、物心両面をさします。

まだわたしは生きています。
生きている限り、様々な人々との思いがけない出逢いが
行く手に待ち受けていることでしょう。
同時にそれは、多くの別れをも受け入れることになります。
人間が好きで、だからこそ小説書きになったわたしにとっては、
人との出逢いが、たといそのため、苦痛や悲哀を伴っていても、
生きている何よりの証《あか》しとして嬉しく有難いことに思われます。
まことに、人はなつかしく、恋しく、哀しいものです。

世に別れ上手ということばがありますが、男も女も、どうも日本人は別れ下手ではないかと思います。

それは自分はちっとも損をしないまま、今までの関係は断ち、他へ移りかわろうという不心得があるからです。

自分がいい思いをしたければ、当然、それなりの報いを受けるのは覚悟の上でなければなりません。

わたしたちは、死ぬまですべて凡夫《ぼんぷ》で迷いと煩悩《ぼんのう》のかたまりです。
死にたくないとうろたえて泣く人間臭さを、だれに恥ずかしがる必要もありません。

出家とは生きながら死ぬことなりとおもっているわたしにとって、死はもうすでに終わっていて、今ある現身《うつしみ》は、仮の姿でしかないのです。じたばたしたって死ぬときは死ぬのですから覚悟はついています。

足のふみ場もない汚い書斎で、本のトーチカの底に埋もれるように、机にうつ伏して死んでいた朝、いつものようにやって来ただれかが、いつものように徹夜のうたたねだと思って、声をかけずに去ってゆき、一時間ほどしてコーヒーを持って来たとき、ようやく死んでいることに気づく。キャーッという彼女の悲鳴で、四方から積み上げた本がばらばらと落ちかかり、わたしの死体は本に埋もれてしまう。

そんな死様《しにざま》を望んでいるのだけれど、これはかりはおはからいです。

三島由紀夫《みしまゆきお》さんの自決のショック以来、自分も含めて、人はみないつでも死と向かいあって暮らしているとしか考えられなくなっています。わたし自身、三島さんより早く、自殺していたかもしれません。そのわたしは、自殺するのと同じエネルギーで出家したのです。自殺と出家は同じではない。けれども生きている人より、いまのわたしには、死者の、とくに自《みずか》ら死を選びとった人の霊魂のほうが親しいような気がするのです。

親の死目に逢えなかったわたしは、彼らがほんとうに死んでしまったという気がしないでいました。

その点、姉の死は非常に辛いものでした。

姉はわたしにかわって二人の死を見届け、二人の死様とつぶさにつきあったのです。わたしの知らない何倍かの辛さを、ひとりで引き受けてくれたのです。

そうして、今、わたしは姉を失い、三人分の死別の辛さをあわせて味わっているのです。

人間とは、いいえ、わたしとは何と情けない生きものでしょうか。自分の身に体験しなければ、人の苦しさも悲しさも、実感となって身にも心にもしみてこないのです。わたしは姉の死を通して、人がこの世で受けるすべての不幸せは、味わったほうが味わわない人よりいいのだと気づかされました。心に苦しみを感じ、身に苦痛の記憶を数多く受けた者が、人の苦しみ、悲しみを思いやれるという恩寵《おんちょう》がいただけるのです。

逢う、ということの大切さ、きびしさ、うれしさ、悲しさ。

しょせん人生とは逢って別れることの永遠のくり返しのように思われます。

すべてめぐり逢うものは偶然ではなく、他人には無縁にすぎぬ一つの出逢いが、その人の一生を塗りかえていくことが多いのです。

わたしたちはひとつの愛を得たとき、いつでもその永遠を請い願《こ》うけれど、それは今夜で終わるかもしれないことを常に覚悟しておくべきなのです。そう思えば、その日その日に、せいいっぱいの愛を相手にそそぎ、愛情の出し惜《お》しみなどはしないで、たとえその夜かぎりで天地がさけ、ふたりの幸福と平和が破壊されようとも、生きていた限りに愛しつくしたという想い出が残るでしょう。

亡くなった人への愛に固執《こしつ》せず、その人の生命まで自分で引き受け、
たくましく生き、新しい愛にめぐり逢いなさい。
それは不貞でも何でもない。
亡くなった霊は愛するものの、幸せしか祈っていないのです。
なぜなら彼らは人間ではなく、仏になっているのですから。

二　さびしさ

人間はどの動物よりもさびしさに敏感な動物です。
さびしさに突き落とすだけで、人は殺せます。

とうきやうと

自己の孤独にどっぷりつかり、浮かび上がった人間にしか、
真の人間的やさしさは生まれません。

母親の胎内にいる胎児の姿を思って下さい。
自分の腕で自分の折り曲げた両膝《ひざ》を抱えこんで、
膝にうつむいた顔を押しつけています。
何という孤独なさびしそうな姿でしょう。
人は胎児のときから孤独だったのだと、あの姿を見ると思い知らされます。
だから人間は、ほんとうに孤独でさびしいとき思わず
胎児と同じ格好をして
悲しむのです。

人は孤独だから互いに手をつなぎ、肌と肌であたためあおうとします。心と心で語りあいたいと思い、相手をほしがるのです。自分の孤独をわかってくれる相手がほしい。そしてその孤独を分かちあってほしいのです。

「犀《さい》の角《つの》のようにただ独《ひと》り歩め」。

何か自分が行きづまったときや、たとえようもなくさびしいときに、ふっとわたしの口をついて、このお釈迦さまのことばが出てきます。すると不思議に心はなだめられ、不如意《ふにょい》も、怒りも怨《うら》みも消えてしまうのです。わたしはひそかにこれを自分の呪文《じゅもん》としてきました。哀しみや怨みやさびしさに捕られている自分が、荒野をさまようただ独りの一角獣に見えてくるのです。しょせん人間は孤独な動物だったんだという諦念《ていねん》が、あらためて胸によみがえってきます。

一見、平凡で穏やかで、よそ目には何の苦労もなさそうに見受けられる人の内部に、どんな激しい人知れぬ嵐が吹き荒れているのか、それは摑《つか》みきれるものではありません。

自分の記憶ぐらい自分本位に都合よくまげて覚えこんでいるものはなく、
自分の行動と心理くらい、麻のように乱れこんがらがっているものはなく、
自分の心の奥くらい、固い殻でしっかりかくし秘めているものはないのです。

自分が孤独だと感じたことのない人は、人を愛せない。

わたしはインドを歩きつづけながら、

「生きながら死して静かに来迎《らいごう》をまつべしといふ、万事いろはず、一切を捨《しゃ》離《り》して、孤独独一なるを死するとはいふなり」

という一遍《いっぺん》の法語《ほうご》を、常に思い浮べていました。孤独独一という烈しい決然としたことばは、けだし一遍の造語でしょう。背をまるめつんのめるようにして歩いていく一遍のうしろに同朋衆《どうぼうしゅう》の姿が幾人連らなっていようと、前方をきっと見据《みす》えた一遍の瞳の中の孤独の色は、日ごと、年ごとに濃くなっていたのではないでしょうか。

釈尊をはじめ宗祖や開祖と呼ばれる人々は、この厳しい凍りつくような孤独を抱いている人たちばかりです。そして何といっても、恩愛《おんない》を断ち切れる強さを持った人たちなのです。

人間は本来孤独なものです。
そうとわかってはいても、やっぱり他人の愛を求めたがる。
孤独だからこそ、愛がほしいし、語りあう人がほしい。
肌であたためあう相手がほしいのでしょう。

人間は孤独でさびしいのが当たり前なのです。自分がさびしいから人のさびしさもわかる。自分はこんなにさびしいのだから、あの人もきっと人恋しいだろうと思いやったときに、相手に対して同情と共感が生まれ、理解が成り立ち、愛が生まれるのです。

人は一度この世の旅に送り出されたが最後、いやでも前へしか進めない運命を担《にな》わされています。一度通った宿へ引きかえす道はふさがれていきます。道づれのほしさに目がくらみ、道づれに頼りすぎると、裏切られることが多いのです。

どうせこの世はひとり旅という覚悟さえつけば、思いがけない人の情けや風景が、改めてしみじみ心にしみてくるものです。

人間は、人も自分をも裏切ってしまうものです。
だからこそ儚《はかな》い愛の中につかの間、いっそういじらしく、
自分を解き放そうとするのです。

世の中はおおきな編み物と思ってください。
編み物は一目一目編んでいきます。
編み物の目が、右の目と左の目と、上の目と下の目と、
ずっとつながっているから次から次へとつながって、
あたたかいマフラーやすてきなテーブル掛けになるのです。
あなたはその編み物の一目なのです。
虫に食われたりしたら大変です。
上下左右たくさんの編み目に迷惑をかけてしまう。
小さくても自分がしっかりした一目でいること。
小さくてもあなたの存在は大切なのです。
しっかりなさい。

わたしはこの半生で、したいことをまことにしたいように生きてきました。世間の道徳も人の思惑《おもわく》も、ときには人の不幸さえもかえりみず、勝手気ままに自分本位に歩くことを貫いてしまいました。その点においてわたしはおよそ、この世に思い残すことはないのです。わたしは生に対して執着は薄く、生命だけでなく、ほとんどの物品に対しても強い執着は持ちません。人との愛でも別れなければと決心すると、自分のからだから鱗《うろこ》でもこき落とすように、愛もみれんもひきはがしてしまいました。

そんなわたしが小説を書きつづけるのは自分のしてきたことに対する懺悔《ざんげ》なのです。

心の聡明な人、考え深い人たちは、
怠けずよくはげみます。
独りで生れ独りで死んでいく人間は、
自分を頼れるものに鍛えあげるしかないのです。

自分の属している世界から、ある日突然姿を消し去り、全く別の世界で生き直したいと、一生に一度も思わない人間がいるでしょうか。

心が冷たいからとは限りません。心があたたかすぎるから、しがらみに耐えきれなくなった人間もいるはずです。

心の傷を受けて虚無的になってしまう人間もいれば、生まれたときから、母親の胎内に熱いものを置き忘れて、はじめから心に穴のあいてしまった人間だっているでしょう。

心臓に穴のあいた赤ん坊は医者がす速く発見しますが、穴のあいた心をもって生まれた赤ん坊は、医者にも誰にも発見してもらえません。

同床異夢《どうしょういむ》ということばがあります。
どんなに愛しあっていても、一つのベッドで抱きあって寝ても、
ふたりで一つの夢を見ることはできないということです。
互いに別々の夢を見て、相手の夢のなかにまでは入っていけません。
それくらい人は孤独な存在です。

神護寺《じんごじ》の薬師如来《やくしにょらい》は、不気味なほど力強い筋肉質の肉体を感じさせる。その盛り上がった肉体のデフォルメといい、峻厳《しゅんげん》で暗い冷たい表情といい、およそ如来ということばのもたらす慈悲《じひ》とか愛のあたたかさは感じられない。人間の卑小さやあらゆる罪を見通すような細い切れ上がった目の光に、おどろおどろしい魔力さえ感じさせる。

それにしても何という見事な力強い仏像であろうか。

写真で見るのと、金堂の中にひざまずいて仰ぐのとでは全くこの如来像は趣《おもむき》がちがうのだ。

わたしはこの薬師像が好きだ。心萎《な》えたとき、心身が疲れきり、くずおれそうになったとき、あまりな孤独に耐えられなくなったとき、わたしは秘かに神護寺へ行き、この力強い薬師像の前にわが身をさらす。

自分の卑小さがありありとして、かえって、打ちのめされた底から不思議に、再生の力が湧《わ》いてくる。

心うちひしがれ絶望におちいった者を、この如来は決して優しく包みこんでは下さらない。しかし、人間はしょせん孤独で、死ぬまで凡夫で、煩悩の子であることを心底から自覚させてくれる。

自分の存在の相《すがた》を孤独なりと言いきれる人にだけ、自然は心を開き、ことばをかわし始めます。

西行《さいぎょう》も芭蕉《ばしょう》も流浪《るろう》の旅をしました。川も山も木々も草も、旅の途上にあるものは、人格をもって行手に待ち、なつかしくよりそい、やがては涙をたたえて見送ってくれていたのではないでしょうか。

人間が生きてゆくには、もちろんお金が必要です。健康が必要です。
地位もほしいし、高価なものもほしいでしょう。
けれども、そうしたすべてを手にいれても、人に愛され、
人を愛する心がなければ、人生は殺伐《さつばつ》としたものになります。
愛する人があって、自分が愛されている自覚が、
生きることにはいちばん大切なうれしいことです。
この気持ちがないならば、生きていてもほんとうにさびしい人生です。

どんな親密な関係でも、たがいの心に秘密が全くないということはありえません。たがいの秘密を尊重しあってこそ、同じ家に住めもするのではないでしょうか。

人との出逢い、一枚の絵、一個の茶碗、あらゆる出逢いの偶然は、人の一生の終わったところからふり返るとき、決して偶然でも卒爾《そつじ》でもないことに気づくだろう。編み物のひとつの目を外しても、その編み物が編みあげられないように、ひとつの出逢いが、過去に未来に、強いつながりと因縁《いんねん》をひいていく。

人生とは、いくら丹念に青写真をひいても、その通りには建ち上がらない建物のようなものであり、描いてもみなかった場所に出ていってしまう旅のようである。

孤独に甘えてはいけません。孤独を飼い馴らし、孤独の本質を見きわめ、自己から他者の孤独へ想いをひろげるゆとりを手に入れないかぎり、孤独の淵から這い出ることはできないのです。

男の魂は、孤独の美と楽しみについて敏感です。

女はそれを承知して、愛する者に惜《お》しみなく自由を与え、その間に自分自身も悠々と疲れを回復させて、いつも新鮮さを保つべきなのです。

相手の自由を認めることは、自分にも自由と孤独の時間が得られるということです。男の好みに全てをあわせては、両方の個性が弱められてしまいます。

「あの人は、何をしていてもいいの。たづなの端は、いつもあたしがしっかり握っているから」

こういいきれるようになった女こそ、恋の真の意味の成功者です。

人恋しさがないから旅に出られるのではなく、人恋しさの物狂おしさゆえに、旅に出るのではないでしょうか。

会えない旅の途上、一歩ずつ、執着の恋から遠ざかりつつあるという瞬間くらい、純粋に熾烈《しれつ》に恋が燃えさかるときはありません。

放浪の旅に出る人間は、決して逃避する弱い人間ではなくて、強すぎて狂おしい人間のように思われます。

人間の孤独の表情は、人間の背中がいちばん知っています。

人間の背中がさびしさの翳《かげ》を背負ってくるのは、人生の苦しみを味わったときからではないでしょうか。

男の背のさびしさに気づき、それに惹《ひ》かれてしまったら、女はもう、その男に捕らえられたといってもいいと思います。

「もうひとりの自分」に気づくことは、ほんとうにむずかしい。

たとえ家族と住んでいようと、友達に囲まれていようと、もうひとりの自分を発見しない限りは孤独です。

もうひとりの自分を発見できたら、巡礼ではありませんが、同行《どうぎょう》ふたりです。孤独ではありません。

お釈迦さまは自分を灯《あか》りとしなさいとおっしゃいました。

自分を灯りとするためには「もうひとりのわたし」にマッチを擦《す》って火をつけなければなりません。

この世に無駄ないのちはひとつもないのです。
あなたが元気にそこに居てくださるだけで、世の中は明るくなるのです。
がんばって。

夫や、子供や、両親や、愛した人のために、わたしがしてあげている、尽くしていると思うと腹が立ちます。

わたしは好きでしている、好きだから勝手に尽くしていると思ったら腹は立ちません。

ほんとうは好きでさせてもらっているのです。

世の中には、尽くしたくても尽くす相手がいない人がたくさんいます。

結婚したくてもいい相手にめぐり逢えない人もいれば、結婚相手がすぐに亡くなった人もいるでしょう。

何かをさせてもらえる、尽くす相手がいるというのは幸せなことです。

「時《とき》」はその人とともに生きつづけます。
肉親よりも、夫婦よりも、空気や太陽よりも、
人は自分の時と永遠につきあわなければならないのです。
そして時をふり返るというのは、よほど幸福な時か、
ほんとうに孤独に打ちひしがれた時であるようです。

旅の途上、物を煮る匂いが家々の窓や格子の間からふっと夕闇に流れだすとき、家に愛着がなく家族らしい家族のないわたしまで、思わず足をとめ、家族の団らんの図を描かずにいられないのは、何に対する郷愁でしょうか。灯のもれる窓、ふっと耳をかすめる台所の水音や皿の音……それらのささやかな気配や物音が、思いがけない激しさで心にからみついてくるのも、旅情の不思議のひとつでしょうか。

俗《ぞく》に非《あら》ず沙門《さもん》にも非ずと自分を規定した良寛《りょうかん》は、孤独と自由に徹して、あるがままの現実を受けいれました。七十歳の時はじめて訪ねて来た三十歳の貞心尼《ていしんに》とのあたたかな交りも、自然で大らかで美しい。老いらくの恋とみていいでしょう。それでも人の孤独は消えるものではありません。死は一人で旅立つものなのです。

生ぜしもひとりなり。
死するもひとりなり。
されば人と共に住するも独りなり。
そいはつべき人なき故なり。
一遍上人のことばは、人間の孤独の上に新鮮に輝いてきます。

三　くるしみ

人は不幸を味わうほど
人の不幸やいたみに敏感になることができるのです。
それは神仏がくるしみの代償として
与えてくれる恩寵です。

聖書のなかに「復讐するはわれにあり」ということばがあります。わたしはこのことばを「自業自得《じごうじとく》」とおきかえて、自分を納得させてきました。

自分で選んだことには自分で責任をとれ、という解釈です。

わたしがせっぱつまったところに追いつめられ、身も世もない嘆きに投げこまれたとき、救い出してくれたものは、人の慰めでも同情でも励ましでもありません。

「自業自得」という、わたし流の御題目《おだいもく》でした。

わたしが親しみと友情を感じるのは、迷わない女、道を誤らない女ではなく、
心に罪を感じ、誤ちに傷つき、愚かな涙を流しつくしたような女です。
小説とは、そういう人たちに読まれたいために書かれるものなのです。

わたしたちはいちど愛を捕らえたと思うと、謙虚さを忘れてしまいます。
この愛を得たのは当然の運命だったかのように思い上がり、
愛を独占しようとします。
苦しみは、その日からはじまるのです。

時が癒《いや》してくれることを関西では「日にち薬」といいます。日時が薬になって、どんな悲しみも治してくれる。ほんとうにやさしく人の心を癒すのです。悲しいときはじっとして、そのいやなときが過ぎていくのを待ってください。

恋の情熱などやがてはさめるものなのです。かつて、今の夫と恋に落ちたときの情熱を思い出してみて下さい。あの恋がこうも色あせ、魅力を失うときが来るなど、あのとき予想したでしょうか。

わたしたちは何の役にも立たないでこの世にいるはずはないのです。

子供も大人もひとりひとりに役があります。

阪神大震災に遭《あ》われたお年寄りも、

「何のために生きているのか、こんな目に遭ってまで生きていたくない」

とおっしゃいます。

しかし、震災でお年寄りがほんとうに困って苦労しているという、その現実をわたしたちにしらせてくれたからこそ、震災に遭わなかったわたしたちも、震災はいつ来るかわからない、という警戒心を抱くことができるのです。

あんなつらい境遇になるんだな、気の毒だな、いたわらなければいけないな、
という気持ちが持てるではありませんか。

簡単に自分を見限ってはいけません。

そこに居てくれるだけで、人に役立ち、慰め、力づけ、だれかを幸せにしているのですから。

倦怠期《けんたいき》ということばが、昔は流行しました。結婚にかぎらず、仕事の上にも、その他のどんな生き方の上にも、倦怠期はくり返し訪れるものでしょう。その人が感じやすく、生活に意欲的で、夢を持てば持つほど、その訪れる度は頻繁で、濃度は濃いかもしれません。

でもそこをごまかさず、真剣に生活の倦怠期にぶつかって、乗り越えていってください。

山を越えれば、また向こうに山があるというのが人生の地図のようです。

人を愛することは、マイナスに見えることでも、いつプラスに変化するかわかりません。

人の苦しみが思いやられる人間になっただけでも、愛の苦悩を味わわされたことは幸せなのです。

年をとるにつれわたしは、憎しみも愛も伝えたいと思いたったときから、必ず一晩寝かせておくという生活の知恵を身につけてきました。一晩の眠りのあとで、なお、恋も憎悪も昨夜のまま燃えていれば、そこではじめてペンをとることにするのです。

でも、今では、愛はその日伝えてしまいなさいといっています。

なぜなら人生は無常《むじょう》で相手も自分も明日生きているとわからないから。

何事につけ、襲いかかる苦労を苦に病んでいては、
生きていて面白かろうはずはありません。
わたしはしなければならないと直感したら、何であってもそれを愉しいこと
だと信じ、やりとげるように心がけています。
多分、根が楽天的なので、苦を苦として長く持っていることがさらに苦痛に
感じられ、一を十にきりかえてしまうのでしょう。
一種の処世法でもあります。

恋とは安らぐよりも、悩みたがる気分のことではないでしょうか。

もしあの人に逢わなければ。
もしあの人と結婚しなければ。
いくらあとでそう思っても、仕方がありません。
運命というのは、そういうことです。
万《ばん》物《ぶつ》流《る》転《てん》の法則のなかでは、ひとりの人間の運命など、
目にも入らないゴミみたいなものです。
それでもひとりびとりは、七転八倒して苦しむのです。

人間の愛とは、大体において自分本位なものです。

とくに男と女のセックスをともなう愛は、仏教では〝渇愛《かつあい》〟と呼ばれます。

渇愛とは肉欲の愛。喉が乾いてたまらない感じで、飲んでも飲んでも心は乾きつづけます。

渇愛は、わたしがあなたを愛しているのだから、あなたもわたしを愛してくれ、と要求します。愛のお返しを求めます。それも元金だけでなく、利息もつけてほしいと望んでしまいます。

自分が欲していたら押しつけがましく与え、それに報いてくれないと怒る。

じつに勝手なものなのです。

殺したいほどの憎しみは、愛の裏がえしです。
愛しもしない、憎しみもしない。
それがいちばん冷淡なことで無関心なこと。
無関心より、憎しみをそそげる相手のほうが、
縁があるといえるでしょうか。

結婚生活を北京で送っていたわたしは、夫が出征した直後にもうお金がなくなりました。阿媽《アマ》（お手伝い）の春寧《シュンニン》の給料も払えなくなったので、帰ってくれと彼女に告げると、祖母の茫媽《ファンマー》が翌日駆けつけてきていったのです。

「困ったときこそ助け合うのが朋友《ポンヨー》だ。太々《タイタイ》（奥さん）は春寧を無給で使って子供を見させ、働きに出なさい。給料は払えるようになったら払ってくれればいい」

クリスチャンの茫媽はまた、わたしの夫のために日曜日にはうんと蠟燭《ろうそく》をはりこみ教会で無事を祈っているといってくれるのです。

夫が出征してはじめて、わたしは声をあげて泣きました。

人間にはさまざまな運命があります。

神さまは公平で、一人の人間にだけいいことばかりは与えません。

長い一生を見れば、どんな人も、いいことや悪いことにくり返し見舞われています。

雨の日が一カ月もつづくということはないのです。雨のあとにはきっと天気がめぐり、青空が上がります。

人間の生活も必ず青空が上がります。

同じ状態がつづかないことを仏教では無常《むじょう》といいます。

機械でぽんぽん型を抜いたカップのような画一的な人間のなかに、手づくり茶わんのような味のある人間が生まれるには、茶わん造りのなかに、青春も血も汗も涙もとかしこんでゆく苦行を強いられるのかもしれません。

恋ほど、人生にとって大きな事故があるでしょうか。
それはいくら注意深く用心を重ねていても、
襲うときには必ず一方的に襲ってくるものです。
その避けがたい点では、恋は最も天災に似ているかもしれません。

ひどくつらい思いをした方がみえたとき、わたしは
「悲しいでしょう、つらいでしょう。気がすむまでお泣きなさい」

というしかありません。そのときわたしにもほんとうの涙がわいてきます。

相手の気持ちになって一緒に泣く、これしかないのです。

昔の偉いお坊さんも、おっしゃっています。

「悲しいとき、つらいときには思い切り泣きなさい」

これはひとつの真理です。

つらい目に遭ったり、悲しい目に遭ったりしたら、遠慮なく泣けばよいのです。

心が活発になればなるほど、苦しみは深くなります。

歓《よろこ》びにも必ず苦しみがともないます。

この世は火宅《かたく》であり、火元であるということすら知らずに苦しみの中にいるのが、われわれ衆生《しゅじょう》なのでしょう。

男が老いて性的不能になっても熱烈な恋ができ、かつ嫉妬の炎を燃やすという例は、わたしは荒畑寒村《あらはたかんそん》氏の上にも見ています。

九十歳のとき寒村氏は四十歳の女性に熱烈な恋をして、毎日原稿用紙十枚も二十枚ものラヴレターを書きつづけました。

その恋文の中には、

「きみを好きになるすべての男に嫉妬し憎悪する。きみが好きになるすべての男にも嫉妬し憎悪する」

と書いてありました。わたしにその恋の苦しさを打ちあけられ、

「この年になってこんな恋をするわたしを軽蔑して下さい。この恋がせめても救われているのは、性愛が伴わないからですよ。しかし、性愛が伴わない分、嫉妬は五倍です」

うめくようにいって泣かれたのには愕《おどろ》いたものの、老いらくの恋に悩む寒村氏をわたしは一度も醜いとも見苦しいとも思ったことはありませんでした。

それはすてきな純粋な男の姿でした。

女が鬼にひかれるのは、男よりも自分のうちに飼う鬼の存在を自覚しているからかもしれません。

思いつめた女の情念のはては、鬼になっても消えない、男への思慕にしおしおと引きさがっていきます。

人間が鬼にならなければならない悲しみは、鬼だけが知っているのでしょうか。

人間は、息を吐くたびに嘘を吐いて暮らしている存在なのかもしれません。

恋愛が下手、恋人ができないという人は、相手の気持ちを察する想像力に欠けている人です。

恋は錯覚の上に咲く花にすぎません。

女は恋人の上に理想の男の仮面をかぶせ、ほんとうの恋人と思いこんで身をやいていきます。その仮面がはずされたときに見いだすのは、自分が捨てた男と大差のない男、あるいは、はるかに価値のない男かもしれません。

それでも誤った恋はしないほうがましとは、だれもいいきれないでしょう。女は恋をすることで、自分を発見していきます。愛されることによって自分を深め、愛することによって、知恵がつきます。そして恋に悩んだ女とそうでない女のちがいは、他人の不幸に対して思いやりが深いか浅いかにあらわれてくるのです。

昨日、美しい知人が訪ねてきました。三年前はじめて訪れたときは美しいけれど能面のような顔をして陰気な人でした。今、その人の顔に華やかな笑顔がかえっていました。若い恋人に裏切られ、殺して死のうと思ったと悶え苦しんでいたのです。

「時がいやしてくれました。怨むより許すほうがずっと楽ですね。楽しいこともあったと、今は感謝の気持ちさえ生まれています」

夫婦の間、あるいは家庭というものは、夫と妻が、相当本気で全力投球で守ったり築いたりしなければ、持ちこたえられないもので、結婚生活の成就《じょうじゅ》ということは、人間が全力をあげて守るに値する難事業かもしれません。

人間は自分の弱さを知っているからこそ、さまざまな習慣の中から、無数の掟《おきて》や、罰《ばつ》をつくり出すのでしょう。

しかしいつの時代でも、掟からはみだし、その罰を骨身のたわむほど受けても尚、反逆の道を歩かねばならない人間がいます。その人の流す血によってのみ、女の歴史は書きつづけられているような気がします。

掟の美しさと同時に掟のもろさ、掟のまやかしも見抜いてこそ、掟を守る本当の意味があるのかもしれません。

人間は絶望する前に希望を捨ててはいけません。
それは人間として傲慢《ごうまん》なことなのです。

「空《むな》しい」といってわたしのところへ来る人は、それをいうとき、みんな涙を浮かべています。空しすぎると身悶えするほど自分の生き方を見つめることのできる人は、空しさの底にかくされている何かを、いつか必ず掬《すく》いださずにおかないのではないでしょうか。人間にはだれにも自衛本能があります。波の底に足がつくと、思わず、底を蹴《け》りたてて浮かび上がる方法をとるものです。わたしの場合、蹴りあげた拍子に、出離《しゅつり》という「うき」が目の前に投げ出されたのでした。

どんな辛い病気をしても、死ぬ瞬間まで努力して下さい。
人の命は、そうするに値するものなのですから。

百八つは、数字の百八つではありません。仏教では無限を意味します。大晦日《おおみそか》に鐘を百八つ、人間の煩悩《ぼんのう》を叩くといわれるのは無限の煩悩がわたしたちにはあるということです。心を清らかにすれば煩悩がなくなる。人を憎まなくなる。人を愛することしかできなくなる。人に施《ほどこ》しを与えたくなる。こういう気持ちを育てていけば人間は苦しまない。

お釈迦さまは、そう悟られたのだと思います。

なかでも人を憎むこと、これがいちばんつらい。

人を憎まないようにするには、その人のいいところを見つけだしてあげることです。

どこか必ずほめるところがあるものです。

人間のいいところと悪いところは裏表です。だから相手の裏を見ないで、表のいいところだけを見てあげればいいのです。

視点を少し変えてみる。すると人間関係がうまくいきます。

人を憎みながら眠りにつくときのいやなこと。それより好きになって、その人を思いながら眠るほうがずっと楽しいのです。

冬の後には春が来るように、わたしたちの悲しみや苦痛も、永遠につづくことはないのです。

忘れられるものかと思う悲しみも苦しみも、ある日、ふと気がついてみると、薄らいでいるのを感じます。

わたしたちはどんなに苦しくても、四日と物を食べないではいられません。

泣きながらも食事はとるし、風呂にも入ります。

それが恩寵というものでしょう。

あるいは死んだ人の魂が忘れさせてくれるのかもしれません。

だまされる能力が残されているということは、何かの恩寵ではないでしょうか。

すべてがくっきりと、一分のすきもない正確さで見えてきたなら、生きる望みもなくなってしまいます。

人の愛は、無常そのもの。
心は変わるもの、無常という覚悟がなければ、信じて裏切られたと、
年中くやしがっていなければなりません。

自殺など考えないで。

小さく思える自分の存在が、だれかたったひとりでもいい、その心に温かな火を灯《とも》す人間になれれば、ほんとうにありがたいことです。

たくさんの人にでなくていい。たったひとりでいい。犬でもいい。

この犬は私がいなければ生きていかれない、
それもすてきな生きがいです。

あなたの生きがいを見つけて、仏様のくれた寿命を生きていきましょう。

スピーチがつづき歌や踊りが出てにぎやかに盛り上がった会場の隅で、わたしは旧友の一人とひっそり語り合っていました。彼女はわたしたちのなかでだれよりも美しく、だれよりも勉強がよくでき、いつもクラスは別でも、わたしと席次《せきじ》を争っていた唯一のライバルだった人です。

裕福な家庭のお嬢さまで、お母さんは徳島一の美人でした。

どんな華やかな生涯を送るかと思っていたこの人が、ずっとご病気のご主人を抱えて、三人のお子を立派に成人させ、今は赤ん坊のように手のかかるご主人を看取《みと》りながら、同窓会に出ていたのです。三時間しか一人で置けない病人の夫を案じながら。

「でもね、手も足も利《き》かず、赤ん坊より世話のかかる彼が、わたし、今ほどかわいくてならないことはないのよ。分かってくれる？」

とやさしい笑顔でささやきました。わたしは思わず彼女の手を握りしめ、苦労の影のみじんも浮かんでいない、昔以上に美しい旧友の顔を見つめながら、

「あなたは生きた観音さまよ」

とささやき返しました。

情熱のきれっぱしではろくなものはできません。

ぼろぼろのお寺を五年で再興するとか、半分しか学生のいない女子大を四年で満杯にするとか、みんな奇跡的だといいますが、ほんとうに死に物狂いになったらできます。

そのかわり一生懸命にならないとできない。

情熱の一部なんかではできません。

そのつけが自分にかえってくるのを覚悟するなら、不倫をとめても仕方がないでしょう。

けれど恋は必ずおとろえ、やがて冷めます。情熱は燃えたら灰になります。恋の成就のあとに破局や悲劇もおこります。さびしさや屈辱《くつじょく》も味わいます。相手が家庭に帰ったあとの孤独にも耐えねばなりません。遊び半分ならなおさらひどい目にあうのが当然です。自分が幸せになるため人を傷つけていいはずはないのです。

愛したとたん、人は苦しむという覚悟を持つべきです。

いくら忍辱忍辱《にんにく》と心に叫んでみても、腹が立ち相手をこっぱみじんにやっつけてやりたい怒りにとりつかれることがあります。

人に対して怒りがわきおこるのは、自分なら決してそうはしない、相手の無知や破廉恥《はれんち》にがまんがならない、という思い上がりがあるからです。

そんなとき、わたしは鏡をみることにしています。

そのときの自分はまさしく鬼のような顔をしています。怒ると人間の顔は、体内の毒素で黒くなるのか、顔色は黒く目は吊り上がり唇はゆがんでいる。われながら、見るもおぞましい。

二度と見たくない形相《ぎょうそう》です。

口に幸福というのは何とたやすく、ほんとうに幸福になることは何とむずかしいことでしょう。

四 いのり

亡くなった人の霊はあなたのしあわせを祈っているのです。
かならず、あなたを守ってくれます。
そのことを先ず信じること。

わたしたちには無数の欲望があります。煩悩が燃えたぎっています。してはいけないとわかっていても、人のものがほしくなるし、御馳走や好物だとつい食べすぎてしまいます。

人を憎まない、ということさえできません。

どうやら、自分のからだは自分のものとはいえないようです。心だってほんとうに自分の思い通りに動いているとはいえないでしょう。

頼りになるのは、目に見えない「大いなるもの」だけではないでしょうか。

人間が他の動物とちがうところは、愛することと祈ることを識《し》っていること
ではないでしょうか。

キリスト教系の女子大生のとき、「み心のままに」という祈りのことばを教えてもらいました。仏教徒になって、わたしはこの好きだったことばをまた身近に思い出します。「み心」は、キリストでもブッダでもいいのです。自分が帰依《きえ》した超越者のみ心のままに自分がゆるされ、生かされていると思うと、何と気が楽になるものでしょう。つける薬はなくとも、「み心のまま」という呪文さえ覚えておけば、この世は楽しいし、明日もまた生きていけそうな気がして眠りにつけるから不思議なことです。

神も仏もあるかないかと疑いつづけているうちは、ないのです。
あると信ずるとき、それは自分のなかにあると、仏教は教えてくれます。

祈るということは、自分を生まれたての赤ん坊のように無心にし、ひれ伏し、身を投げだすことです。たとえひれ伏している真上から刀を振り下ろされても悔いないという絶対の信を得るために、人は祈るのです。

人間は不完全なものです。医者も新発明の薬も全能ではありません。医者に見放された患者が、信心して健康になった例もあります。

しかしそれを信心したから霊験《れいげん》で救われたと短絡《たんらく》して考えるのはどうでしょう。

医者に見放された患者は絶望的です。絶望のなかでこそ人のはからいの外のものにすがる素直で純な心が生まれ、心の絶望に光りがさし、生きようとする活力が生まれます。人間に眠っていた自然治癒力《ちゆりょく》が活発になってくるのです。

み仏は、ただ向こうから何かを与えて下さるのではなくて、人間のなかに自分で立ち上がり、自分で考える力をよみがえらせて下さるのだと思います。それにみ手をかして下さるのです。

何も努力しないで、ただお扶《たす》け下さい、何かを与えて下さいと祈るのは、
人間の甘えです。

お金をいくら送れば、水子《みずご》の永久供養をしてあげる、などという新聞広告を見かける。

供養はお金で出来るものではない。たくさんお金を出したから仏になった人の菩提《ぼだい》がとむらえるなら、金持ちの仏だけがあの世で安らぎ、貧乏人の仏はあの世でも苦しむことになってしまう。そんなことはない。

お金をお寺に送ったり、地蔵さまを寄進したり、それで赤ちゃん一人殺した罪がきれいにぬぐわれるなどと考えることが、大まちがいです。

少しずつ、少しずつ仏の世界が近づいてくるのを感じています。死ぬまで悟りなど得られないでしょうが、それでいいのです。もう、すべてを仏のみ心のままにゆだねきっているので、気持ちはじつに楽で平安です。なんと有り難いことでしょう。

祈りは答えを求めるものではありません。
自分を投げだし、自分を無にして、生まれたままの自分にもどることです。
我《が》を捨てさせてもらうための祈りです。
神も仏も、共に苦しみを分けもっていてくださることを感じるための、祈りなのです。

法隆寺で久々に百済《くだら》観音に逢う。今は硝子《ガラス》ケースにおさまっているこの希有《けう》な美しい仏に、十七歳の春、わたしははじめてめぐりあった。そのときは薄暗い埃っぽい部屋の中で、ケースなどには入らず、み仏は無防禦《むぼうぎょ》な姿勢のまま、空気にさらされて立っていられた。

十七歳のわたしは、参観の人々の間にもまれて、このみ仏を斜めから仰ぎ見つめているうちに涙があふれてきてどうしようもなかった。

こんな美しいもの、こんななつかしいものを近々と仰いだのは生まれてはじめての経験だった。古式の微笑のあえかさ、尊さ、あたたかさ、神秘さ、わたしは、魂をじかに仏の掌でなでられたように身震いしていた。

美しいもの、尊いものを見て涙がわくということを覚えたのもはじめての経験だった。

あのときほど無垢《むく》な涙を流したことはない。

わたしたちはだれも死にたくない。
自分が死にたくないように、人も死にたくない。
絶対殺さないという、仏教の教えこそ、この世で最高の教えです。

捨てないといただくものもいただけないものです。捨てないと入ってくる場所がありません。こちらを空っぽにしておけば、そこにいただくものが入ってくるのです。

仏教では、縁《えん》ということを、大切にします。わたしたちが生きていることのすべてはこの縁によって行われているのです。

たとえば家に柿の木があるとしましょう。その柿の木は、はじめからそこにあるわけではありません。

だれかが食べた柿の種がそこに落ち、その種が地中から栄養をとり、そこに太陽や雨が降り注ぎます。こうして柿の種が生成する縁が加わります。

柿の種という因《いん》があって縁が作用し、結果として実がなる。実がなることを果《か》といいます。因果の果です。

原因があって、縁の作用が加わって、結果となる。

仏教ではこれを因果《いんが》の法則といい、世の中のすべてを説明できるのです。

釈迦やキリストの尊さは、他者の痛みを、自分の痛みとして受けとれる心の思いやりの深さにあります。それが愛とか慈悲とかよばれるものです。われわれ凡下《ぼんげ》の人間には、とうていそれが身にそいません。

戦後の教育は、自分だけの利益や幸福を追い求めるようにすすめてきました。今の人心の荒廃は、そのつけが廻ってきているのでしょう。

戦死者も、地震で亡くなった人も、飛行機事故で無念の死をとげた人々も、死者はその死によって、それからまぬかれた人々を救ってくれています。見えなかったものを見せてくれ、考えられなかったことを考えさせてくれています。

それらはすべて尊い犠牲死であって、その魂はすべて聖化され、輝いているのだとわたしは信じています。

すべての宗教の究極は、ゆるすことを学ぶことに尽きるのではないでしょうか。

ゆるすとは、自分がゆるすこととはちがいます。超越的なものがゆるして存続させている、この現世の生々流転《せいせいるてん》を、悲しみの目で見守れるようになることです。

死者の魂は、生き残された者がいかに、彼らのことを切に思い出すかによって輝きます。

死者を忘れないということは、自分の原点を忘れないということです。

広島の精霊《しょうりょう》流しの灯籠《とうろう》の灯は、一度沖に出てふたたび川に帰ってくる
といいます。
それを遺族たちは死者の声と聞いて、涙を流します。
慰められているのは、生き残った者なのです。
死者の声はつねに、わたしたちのまわりにみちみちています。
それが聞こえないのは、われわれに聞く心が失われているからです。
生き残されたわれわれに、戦没者の声は語りつづけています。
せめて語《かた》り部《べ》となり、あの戦いの不幸を永久に語りつぎ残せと。

世の中には祈るしかない、ということがあります。

苦しいことが襲ってきて、どうしていいかわからなくなったとき、わたしたちは思わず「助けて下さい」とさけぶ。自然に手をあわせます。

わたしたちは、自分の力が大したものではないことを本能的に知っています。

自分の力ではどうしようもないことが、この世にあることを感じています。

わたしたちは最後には、祈るしかありません。

一生懸命努力して、そのうえはもう、神様、仏様のはからいに任せるしか手はないのです。

そして祈りは、虚心になって行えば、必ずかなえられるものなのです。

「娘が死んだ時、あの世なんて信じられませんでした。わたしは今の家へ嫁に来たとき、宗教心など持っていませんでした。姑は毎朝毎晩熱心に仏壇の前で長いお経をあげるのですが、とても意地悪で、嫁いびりだけが生き甲斐としか思えない人のようでした。わたしは何度、逃げて帰ろうかと思ったかしれません。姑が八十二で中風で死んだ時、正直いってほっとしました。そのときもあの世など信じられませんでした。その姑が死んだわたしの娘だけはとっても可愛がっていました。娘は姑の死を泣いていました。巡礼をはじめて、ふっと気がついたら、娘の冥福を祈る時、わたしは姑の分もいっしょに祈っていたのです。これは、ほんとに仏さまのおかげ、巡礼の御利益《ごりやく》としか思えません。人を怨む心ほど辛いものはありませんものねえ」

巡礼で出逢った人のことばでした。

「あなたまかせ」ということばがあります。

信仰を持つと、神や仏さままかせになるので、くよくよ過去をくやんだり、未来を思いわずらわなくなります。

そして心が無限に自由になります。これも功徳《くどく》というものでしょう。

「信《しん》は任《まか》すなり」といいます。

ボケるというのは、仏様になることです。

因果応報《いんがおうほう》で悲惨な死がその人の悪業《あくごう》の報《むく》いというなら、この世で最も悲惨な死をとげた広島、長崎の原爆犠牲者たちはどうなるのでしょう。その中には生まれて間もない赤ん坊だっていたのです。

あの戦争で死んでいった人々のすべてが、そういう死をとげる悪業を果たしていたというのでしょうか。

あの戦争で生き残ったわれわれが、それにふさわしい善業《ぜんごう》を積んだといえるでしょうか。

わたしは仏教に帰依した者ですが、因果応報という意味を、このような形では納得できません。

昔の行者が踏みかため、無数の巡礼の涙と汗を吸いとった道をたどることで、気づかない間に心の修羅《しゅら》がなだめられ、悲しみがいやされていくのは、非日常の生活と、脱世間の聖なる時間がもたらす不可思議の作用によるのではないでしょうか。それが御利益と信じられているものかもしれません。

愛と同じで祈りもまた、報酬を需《もと》めるのは外道《げどう》です。

ある夜、わたしはふと、土仏《つちぼとけ》をひねってみました。

深夜思いついて、土をひねりはじめると、いつの間にか神経がなだめられ、いい気分になっていました。だれに教わったわけでもありません。まな板で土をこね、スプーンは形つけに柄や腹をちょっと使い、つまようじで顔を描きます。

観音さまとお地蔵さまの、手のひらに入ってしまう掌《たなごころ》仏《ぼとけ》とでもいいましょうか。

どれもみんな微笑してかわいらしいのです。わたしはすっかり夢中になってしまいました。時間も空間もなくなって、仏たちと縹渺《ひょうびょう》と天空に遊んでいるような気分でした。

土仏たちがみんなわたしに慈眼《じげん》を注いでくれました。それはまったく思いもかけない法悦と浄福のひとときでした。

思わず自分のつくった土仏たちに合掌して般若心経《はんにゃしんきょう》を唱えていました。

神や仏は、人間の弱さのすべてを見とおして、すべてをゆるし、受けいれ、励まし、ときには叱ってくれるものなのです。何処から来て、何処へ行くかわからないわたしたちに、生まれる以前の世界を覗かせてくれ、死んで行くべき世界を見せてくれる力なのです。わたしたちが忘れていてもいつでも一方的にわたしたちを見守り、はらはらしながら、弱いまちがいの多いわたしたちの生を大過なきよう、幸せであるよう祈ってくれている力なのです。

とても生きているうちに悟りなど得られないと思っても、あきらめず、人間は死ぬまで妄念《もうねん》の凡夫《ぼんぷ》だという反省ができるなら、すでにわたしたちは目に見えないみ仏の掌の上にすくいあげられているのではないでしょうか。

わだかまりをなくす方法がひとつあります。

悪いことをしたなと思ったら、寝る前に仏様にお詫《わ》びをしましょう。

「わたしは今日、こんな悪いことをしてしまいました。ごめんなさい」。すると胸がすっとしてその日のわだかまりがとれて安眠できます。でも私たちは凡夫なので、明日また悪いことをいたします。そうしたら、また謝ります。翌日も、その翌日も、同じことがくり返されます。

そのうち自分のバカさ加減に気がつきます。「人の悪口をいうまいと思ったのに、昨日も今日もいってしまった。自分はほんとうに意志薄弱な人間だ」。つまり、自分の愚かさ、つまらなさを知らされるのです。

自分の愚かさに気づいた人間は、人に対しても偉そうなことがいえなくなります。人の愚かさにも寛容になれます。

心のわだかまりをなくすというのは、そういうことです。

あなたは若くて美しい。
しかしどんなに美しい人も、元気な人も、いつかはおばあさんになって、
そしてボケて死んでいく。
なるべくボケないで死にたいけれど、それはわかりません。
ですから、ボケても仏様は見守って下さる、仏様にこの老いた身を
おあずけしますと思えばいいのです。

わたしはまだ至らないので、侮辱《ぶじょく》されると腹が立ち湯気がたつほど怒りますが、その後、持仏堂にかけこみひたすら祈ります。心が猛《たけ》り狂っているのでまともな祈りのことばも出てきません。それでお経をあげます。帰依する天台宗の経典が法華経《ほけきょう》なので、毎日のお経と法華経をかたっぱしからあげます。不思議なことに、はじめはただくやしさまぎれに字づらだけ追って大声を出していたのがいつのまにか声が落ちついて呼吸も楽になってきます。

そこで座禅をはじめます。座ってしまえば心が澄んできて、樹々に風の吹きすぎる音、筧《かけひ》の水の音、小鳥の声が静かに聞こえてくる。深山幽谷《しんざんゆうこく》に座っている気分になります。何のためにわたしは逆上し、だれを殺してもやりたいほど怨んでいたのかを忘れてしまっています。

「いのち」とは人のはからいの外のもの。

人間は自分の智慧《ちえ》にうぬぼれ、神仏の領域までふみこみ、もののいのちを左右しはじめたときから、不幸がはじまったように思うのです。

エイズは驕《おご》りきった人類、退廃しきった地球への神の警鐘《けいしょう》であり、怒りのしるしであったかもしれません。

弱者への愛と、聖なるものへの謙虚さを試される、踏み絵であるのかもしれません。

もしかしたら、人間が人間として蘇生する最後のチャンスを与えてくれた、神仏の恩寵のあかしであるかもしれないのです。

仏は、人間が迷うものということをよく御承知です。

煩悩即菩提《ぼんのうそくぼだい》ということばがあります。

迷って迷って、五欲煩悩迷妄《ごよくぼんのうめいもう》の果てに浄土《じょうど》を見ることができるという意味です。

たくさん迷った人ほど、浄土を見ることができるともいえるのです。

愛とは世界に向かって、人類に向かって、宇宙に向かって押しひろげてゆくとき、はじめて完全な輝きを発します。

自分たちの愛だけに固執して閉じこもっていれば、愛の火は早くに消えてしまいます。

わたしたちは、宇宙のエネルギーからこの世にもたらされてきました。

宇宙のエネルギーを、人間は神と呼び、仏と呼び、あるいは超越者と呼んでいます。

宇宙にはじめに愛があり、すべてが生まれてきたというのは神話の世界の話ではありません。

愛のないところからは、何も生まれてはこないのです。

原子でさえも。

釈尊《しやくそん》の教えは、あくまで自分の心のなかからの声を聴けというものです。

自分こそ自分の主人
どうして他人が主人であろう
自分をよくととのえたなら
自分こそ得がたい
主人になるだろう

（法句経《ほつくきよう》一六〇）

自己をわすれるとは、自己を捨てること、つまり我執《がしゅう》を捨てるということです。

宇宙の真理はそのときにこそ、はじめて自己に語りかけてきます。

道元《どうげん》はそうなったときのことを、

「あきらかにしりぬ。心とは山河大地《さんがだいち》なり、日月星辰《にちがつしょうしん》なり」

といいきっています。

大自然の雄大さ、美しさが心を満たし、自分という卑小な存在が、山河大地と一体となり、自若《じじゃく》として動じない大安心が得られるように思えます。満天をめぐる日月星辰が光り輝きながら、自分の小さな体内になだれこんで、自分自身が日月星辰になり、はてしない大宇宙を遊泳しているような、晴朗で爽快な気宇に満たされてきます。何という壮大な、そして荘厳なことばでしょう。

捨てはてた後に、心ははじめて宇宙と一体となり、自己の生命が宇宙の生命にひびきあうのです。絶対の心の自由、とはこのことです。

ただ小説を書きたい、それが唯一の望みだったわたしがあるとき、あるところまで来ると、耐え難いむなしさに襲われたのです。

死ぬほど苦しみ、迷い需《もと》め、わたしは祈ることを自然に教わりました。自分の力に対して自信を一度捨てきり、仏に自分をゆだねました。自分をおまかせしてしまったのです。

そのときから、すうっと心が軽くなりました。あれもこれもみんな一人で片づけようと力みかえっていた肩の力を抜いたら、嘘のように心が楽になったのです。

帰依するとは、まかせきることだったのです。

七十年生きて、わたしほど多くのいい友人に恵まれている者は少ないでしょう。

出家ということはすべてを捨離することです。恩愛までも。ところがわたしの場合はすべてを捨て去った後に、周りに熱い友情だけが残っていました。それもみ仏の賜りものと、有り難く素直にいただいています。

寂聴という私の法名《ほうみよう》は、「出離者《しゆつりしや》は寂《じやく》なるか梵音《ぼんのん》を聴く」という意味だと、仏教の師の今東光《こんとうこう》師から教えられています。

梵音とは、鐘とか木魚とか、お経の声とか、仏教に関係のあるすべての音です。また春の小川の音、小鳥の声、赤ん坊の産声、恋人の愛のささやき、この世の森羅万象《しんらばんしよう》のかなでる快《こころよ》いすべての音です。それを出家した者は寂《しず》かな心で聴くということです。

祈りの習慣を持った人は必ず、自分の祈りにみ仏が今応《こた》えて下さった、
という実感を得た経験を持つのです。

幸せな時にはありがとう。
苦しい時には力を下さい。
淋しい時には聞いて下さい。
いつも
地球のすべての人が幸福で
平和でありますように。

人は幸福になるために生きています。
人間として生まれたからには、この世で幸福になることを、
約束されているのです。
ならば、幸福になろうと努力しないことは、
怠慢といわなければなりません。

五 しあわせ

布施《ふせ》とは、相手の欲することを与えること。物施《ぶつせ》もあれば心施《しんせ》もあります。
でもわたしは、顔施《がんせ》ということばがいちばん好き。
だれに逢ってもにこにこ優しい表情をみせることで、
顔さえあればだれにでも可能なのです。

生きることは、働くこと。仕事をさせていただくことです。
自分にふさわしい、あるいは自分にできる仕事をさせていただいて、
それが人様の役に立つ。
それが生きがいというものです。
仕事があることはとても有り難いことです。

仏様や神様が決めた寿命の分を、わたしたちはどうしても生きなければならない存在です。

大病をしても、最愛の人に先立たれても、なお生きなければならないこともあります。

寿命は素直に受け入れ、そして仏様がボケさせ、死なせてくださるまで、この世で素直に生きていくのがつとめです。

定年をすぎた夫に魅力を感じなくなったという妻たちが、急にいきいきして、今まで抑えこんでいた自分の才能にめざめることがよくあります。突然家の外に出て働きだし、結構それが成果を収めていくのを見ると、男にすたりはあっても、女にはすたりがないようだとつくづく思います。

女たちの何と若いこと！

庵を建てたときのお祝いに、わたしの肩くらいまでの桜の木をもらいました。ところがこの桜、毎年背丈ばかりのびるだけで、一向に花をつけなかったのです。

とうとうわたしは腹を立てて、

「ほんとうにもう、このバカ桜、来年咲かないと切ってしまうから」と、木の下で地団駄《じだんだ》をふみました。

そうしたら、どうでしょう。つぎの春、寂庵の他の桜のどれよりも早く、このバカ桜が花を開いたのです。しだれ枝にいっぱいついた花は、ほのぼのと淡い白に近い桜色で、まことに清らかでういういしいものでした。

「花にも耳があるのだから、もっとやさしい声をかけてあげなさい」とみ仏のおっしゃる声がきこえてきそうで、わたしは毎日桜を見上げ、「日本一きれいだ」と、大きな声でほめているのです。

幸福になるためには、人から愛されるのがいちばんの近道です。そのためにはまず、自分が自分を愛さないといけません。よくがんばっているなと、自分をほめる。そして自分が幸せな気分になるのです。自分が自分を愛して幸せになったら、そのあなたを見て、必ず人が近づいてきます。するとその人も幸せになり、自分ももっと幸せになる。幸せとは、循環なのです。

何の心配も知らずおかあさんのおっぱいに吸いついて、ぐいぐいお乳をのんでいる健康な赤ちゃんほど、幸福のシンボルはありません。

恋に生きているときは、どんなに愛しあい、どれほど時間を共有し、いかに喜憂を分けあっても、相手のなかに未知なる青い地図が残されている気がします。

まだふみこんだことのないその地図の不思議さに魅せられ、かくされているはずの森や湖に憧れているとき、恋の色どりはいっそう美しく華やかに感じられます。

幸福とは、一瞬の感覚であると思います。
今、幸福と思うことが、あすは不幸の種になっているかもしれません。
今不幸だと思っている原因が、思いもかけない悟りに通じ、
人生の奥義《おうぎ》をのぞかせる種にならないともいえないのです。

わたしは会う人ごとに
「どうしてそんなにお元気なのですか」
といわれます。私は
「元気という病気なんです」
と、答えることにしています。
でもほんとは心からこだわりがなくなった
からかなと思っています。

若い人とつきあうことが若さを保つことといわれますが、それは全く常識的なことです。

むしろ、すぐれた老人とつきあうことのほうが、発奮《はっぷん》させられ、元気づけられ、若くなって、老いこまない秘訣ではないでしょうか。

野の仏と出逢うたび、わたしはまず掌《てのひら》をさしのべ、その顔や、頰《ほお》や、肩を撫《な》で、表情も薄れてしまった唇や目を指でなぞってみずにはいられません。野の仏はどんな旅人の手もこばまないところがうれしい。流浪《るろう》者も病人も、子供も、蝶やとんぼも、野の仏の頭に一瞬の安らぎをもとめて軀《からだ》をすりよせることが許されるのです。

一番自然で幸福な女の一生とはどういうものでしょう。

やはり、年ごろに適当な男にめぐりあい、結婚し、愛する夫の子供を何人か産み、途中、あれこれ波風はあっても、がまんしたりされたりして添いとげ、年老いて、夫が病気で倒れたときは心ゆくまで自分で看病し、あの世に夫が旅立つ時には手を握ってなぐさめてやる。

さて、ひとりになって、孫に小遣いをねだられたり、子供たちの家をあちこち訪ねたりして、やがて病気になった時は、子供（出来れば嫁でなく自分の娘）に看病され夫のあとを追う——というものなのでしょう。

「随処《ずいしょ》に主《しゅ》と作《な》れば、立処皆真《りっしょみなしん》なり」

『臨済録《りんざいろく》』のなかの禅語のひとつです。

どこでも自分の置かれた場所で一生懸命努力すればそこに真の生きがいを見いだせるということです。

病気になったら、病気のなかで一生懸命生きるしかない。ほんとうの生命の輝きを発見できるまでやってみる。もしだめでパンクすれば、それまでの寿命だと思えばいいのです。

わたしが元気なのは、お喋りだからと思います。
思う存分喋れば、お腹にも心にも何も貯《た》まりません。
何でも貯めると、ろくなことはありません。
ストレス解消は、気の許せる人と心ゆくまで喋ることです。
ただし、本当に偉い人とは喋らずに聴くのです。

叱るということは愛情があるからです。

愛情がなければ叱る情熱も湧いてきません。

本気で叱るには、情熱とエネルギーがいります。

自分に向かって、本気でぶつかってくる親に対して、子供も真剣にならざるを得ないでしょう。

わたしは母と本気でよくけんかをしました。

母は本気で怒ったときは、子供のわたしを大人のように一人前にみて泣いて怒りました。

わたしはそんな母が好きでした。わたしを一個の人格として認めてくれ、全身でぶつかって怒りをぶちまける母に親愛感を抱きました。そんな時、わたしはいつもの時よりも母に愛されているんだなという実感をもったものでした。

みんな自分の身に起きた不幸が、世界一のように思いこみたがります。けれども世の中には不幸と同じくらいの幸福もばらまかれているのです。人は不幸のときは一を十にも思い、幸福のときは当たり前のようにそれに馴れて、十を一のように思います。

人は夜眠る時、愛する人の上を思います。目ざめた瞬間やはりその人のことをまず思います。それが恋というものでしょう。愛でも恋でもいい。自分以外に心にかかる人がいるということ、それが生きる喜びです。

だれもみな、今のこの世界に起こる怖《おそろ》しく浅ましい世相は地獄だと思っています。それでもわたしたちは、やはりこの世で生きていかねばならぬし、生きていたいと思うのです。

それならばこの世にいるかぎり、せいいっぱい生ききりたいものです。

鈴虫をくれた客が帰った夜、ひっそりとした庭におりて、わたしは、いただいた鈴虫をどこに放とうかといい場所を探してまわった。忙しさにかまけて、いつも夜ゆっくり月を仰いだり、虫を聞いたりすることを忘れていたわたしを、いっせいに鳴きしきる虫の音が包みこんできた。あっけにとられて、わたしは虫の音の合唱の中でたちすくみながら、空を見上げたら、冴《さ》えわたる月が満月には少し欠けて、竹やぶの上に輝いている。

夜気には昼間の猛烈な残暑を忘れたように、すでにひんやりと秋の気配がこもっていた。

月光の庭をいい気分で歩き回った末、裏の畑と竹やぶのつづきの草むらで箱をあけた。そこはわたしの書斎の窓の下に当たる。

白煙ならぬ黒い鈴虫がいっせいにもぞもぞと這いだし一瞬の間を置いて、りーん、りーんと夜気の中に声をはりあげる。

月光の下でわたしはふと、浄土だなと思っていた。

やっぱり生きているということは、ああ、いい天気だとか、今夜は風が出そうだとか、今年のさんまはおいしいとか、そんなつまらないことを何の警戒心もなくふっと口にして、それを聞いてもらえる相手がいる、ということかもしれません。

耐えしのぶことと、犠牲になることとはちがいます。
自分の意志で耐えしのぶ。そこに生きているはりが生まれます。

どうせ恋愛をするなら、本気で打ちこまなければつまりません。

男と女は、やまびこと同じようなものです。

せいいっぱい大きな声をはりあげたら、返ってくるやまびこも大きな声で答えてくれます。

口先だけの声を出したら、返ってくるやまびこも、頼りない声でしかありません。

幸せとは愛する人があり、愛されて、さらに自由があることだと思います。

大いに人を愛し、たとえそこで傷ついても、次にさらに愛は深まることになるでしょう。

恐れることはありません。

傷を恐れていては愛することはできないのです。

自分だけが幸福になっても、それはほんとうの幸福ではない、ということを知っておいて下さい。

すべての人間が幸せにならないかぎり、自分にもほんとうの幸福はやってきません。人間は一人で生きているわけではないのだから。

でも、あなたが愛を得て幸せになることは、とてもいいことです。

あなたが幸せであれば、その心は自分からあふれ、周囲も潤《うるお》すことになるのです。

わたしは老人どうしの性愛を美しいと思えるようになりました。人生の幾山河を共に渡った老人夫婦が、互いの肉体で相手をあたためようといたわりつつ抱きあって眠る姿は、わたしの想像の中では、洗いぬかれ、流され、さらされた角のとれた美しい石が河原で並び、陽を浴びているような美しさとすがすがしさを感じます。

わたしはただの一度も、一瞬も出家したことを後悔したことはないのです。これはとうてい自分の力ではありません。どんなに好きあい一緒になった夫婦でも、十年もすれば別れたいと一度や二度は思うもので、倦怠期はさけようがないはずです。なのに一瞬とも後悔せず三十年近くがすぎ、何か起こる度、ああ出家しておいてよかったと思うのは普通ではないでしょう。これこそ仏の御利益、とわたしは解釈しています。あるいは、ごほうび、というほうが分かりやすいでしょうか。

ものを書くのは自分を解放することだし、自分を知ることにもなります。
自分をよく知り、魂の自由を得るところに人間の幸福が生まれてきます。
同時に、ものを書くことによって、自分の知らなかった可能性にめざめ、
それを育てることにもなります。
書くためには読まなければならないし、見なければならないし、
考えなければならない。
それが生きることの弾みにも励みにもなるのです。

生きるということは、死ぬ日まで自分の可能性をあきらめず、与えられた才能や日々の仕事に努力しつづけることです。

男には、いくら愛していても、仕事や社会に時間をさかれて、妻への愛し方に悔《く》いが残されるようです。それに比べて、夫に先だたれた未亡人のほうは、悲しみの底から、どこか力強い立ち直りの力が感じられるし、つくすだけはつくしたといったふうな、思いきりのよさを、みんな申しあわせたように抱いているように見えます。悲しみを越えて、生きようというたくましさが、未亡人の巡礼の足音にはこめられているのです。彼女たちはよく笑い、よく食べ、よく喋ります。一歩ごとに、悲しみの径《みち》は遠くしりぞき、明るい未来への道が、足許からのびていくように見えてきます。

「妄己利他《もうこりた》」は、わたしの生きる信条になっています。

「己れを忘れ他を利するものは慈悲の極みなり」

自分の幸せだけを考えない。自分の利益だけを考えるような生き方はしない。自分の生きていることが人の幸せにつながるよう、自分を犠牲にして他の幸福のために奉仕する。

そういう生き方をしてこそ、わたしたちはほんとうに生きているという、生きる喜びにつながるのだと思います。

あるときわたしは自分の多忙さに負けない方法を考え出しました。どうせ何かの縁で引き受けてしまった以上、どの仕事も喜びをもって心から進んでやりこなすのです。厭々《いやいや》することには情熱は湧《わ》きません。情熱の湧かない仕事は成功するはずがありません。

仕事をはじめるとき、必ずこれはできる、うまく予想以上にできると自分に暗示をかけます。必ず成功するのだから嬉しいはずだと自分にいいきかせます。

すると、やりたい気持ちが盛り上がってきて、肉体も精神もいきいきしてきます。

その上、自分は仏に護《まも》られているという信をあおります。

そのせいかどうか、このときから、少々の紆余曲折《うよきょくせつ》はあっても、結果はいい成果を収めているのです。

どこへ行っても「なぜそんなにお若いの」と質問される。
これには秘訣があるのです。
それは心にわだかまりを持たない、つまりくよくよしないこと。
昔のこと、済んだこと、いやなことは忘れて、かわりに
いいことはいつまでも覚えているようにしましょう。
いつからか、わたしはそれを身につけました。
腹の立つことは毎日毎日いっぱいあります。いっぱいあるけれど
それにこだわっていたら、ただでさえ悪い器量が、ますます悪くなります。
だからそういういやなことは忘れようと決めたのです。
それからは気持ちがとても楽になったのです。

愛というのは、人を喜ばせること、人のために尽くすことです。

それには気持ちの先まわりをすること。相手がいま、何を欲しがっているかを見抜き、そのことをしてあげる。いやがることはしない。

愛とは、想像力です。

自分のなかで表現されたがっている命のうめき声を聴く能力を持たなければ、わたしたちはものを創るきっかけがつかめません。そのうめき声を聴きとる耳と心を持つには、努力して自分を磨いていかなければならないのです。そのためには自分が好きなことを一生懸命やってみることでしょう。どれをやっていいか分からないときは、片っぱしからやってみたらいいのです。そうすると、自分が一番好きだと思っていたものが二番目で、それよりもっと好きなものがあったのに気がつくこともあるのです。

その夜はたまたま中秋の名月であった。
皎々《こうこう》と照り渡る月は、澄明《ちょうめい》な空気の山上に低く降りてきて、
星までお供に引きつれ、金色の大屋根を神秘な光りに照り輝かせてくれた。
わたしはだれもいない天台寺の境内の真中にひとり立ち、
月を仰ぎ大屋根を眺め、すばらしい月見をした。
寂庵では、芒《すすき》や秋草の花をいけ、月見台をつくり、芋だんごを供えている。
天台寺では芒も秋の七草も山に自然に生えている。
わたしは宇宙と一つにとけあった自分を感じ、山の聖霊の気が
からだじゅうに流れこむのを受けとめていた。

だれかを愛するということは、命の火です。
たとえそれが自分だけしか燃やす火力がなくとも尊いのです。
灰になっているより、火でいるほうが、
生きている証拠をつかんでいるのです。

幸福な人のそばに寄ると、幸福のほてりを受けてこちらも温かくなります。

●出典一覧

『あきらめない人生―寂聴茶話―』 小学館
『巡礼みち』 平凡社
『美のみち』 平凡社
『寂聴　愛のたより』 講談社文庫
『寂聴　生きる知恵』 海竜社
『寂庵―京の古寺から　別巻―』（共著） 淡交社
『無常を生きる―寂聴随想―』 講談社
『寂庵だより』 海竜社
『寂聴草子』 中央公論新社
『愛死』上・下　講談社
『中世炎上』 新潮文庫
『花に問え』 中央公論新社
『寂聴　あおぞら説法』 光文社
『幸せは急がないで』（共著） 光文社
『与える愛に生きて―先達の教え―』 小学館
『寂聴　美の宴』 小学館
『人生万歳』（共著） 岩波書店
『生と死の歳時記―美しく生きるためのヒント―』 法研
『いのち華やぐ』 講談社
『愛のまわりに』 小学館
『蘭を焼く』 講談社文芸文庫
『薔薇館』 講談社文庫
『京まんだら』上・下　講談社文庫
『終りの旅』 集英社文庫
『いずこより』 新潮文庫
『見知らぬ人へ』 集英社文庫
『見出される時』 集英社文庫

『書くこと―出家する前のわたし』　河出文庫
『遠い風　近い風』　文春文庫
『有縁の人』　新潮文庫
『古都旅情』　新潮文庫
『比叡』　新潮文庫
『いま、愛と自由を―寂聴塾ノート―』　集英社文庫
『寂聴日めくり』　中公文庫
『人なつかしき』　ちくま文庫
『ぱんたらい』　福武文庫
『瀬戸内寂聴・永田洋子　往復書簡―愛と命の淵に―』（共著）　福武文庫
『生きるよろこび―寂聴随想―』　講談社文庫
『寂聴　天台寺好日』　講談社文庫
『愛の四季』　角川文庫
『わが性と生』　新潮文庫
『寂庵まんだら』　中公文庫
『草筏』　中公文庫
『人が好き―私の履歴書―』　講談社文庫
『寂庵説法』　講談社文庫
『新寂庵説法―愛なくば―』　講談社文庫
『孤独を生ききる』　光文社文庫
『放浪について』　講談社文庫
『朝な朝な』　文春文庫
『寂庵こよみ』　中公文庫
『寂聴・猛の強く生きる心』（共著）　講談社文庫

本書は、瀬戸内寂聴氏の全著作の中から、右記の作品を選び、その珠玉の文章に瀬戸内氏ご自身が加筆、再構成したものです。

（作品の中には品切れ、あるいは絶版になっている本も一部あります）

二〇〇一年二月　光文社刊

光文社文庫

生《い》きることば　あなたへ
著　者　瀬《せ》戸《と》内《うち》寂《じやく》聴《ちよう》

2009年6月20日　初版1刷発行
2010年2月25日　5刷発行

発行者　駒　井　稔
印　刷　萩　原　印　刷
製　本　ナショナル製本

発行所　株式会社　光　文　社
〒112-8011　東京都文京区音羽1-16-6
電話　(03)5395-8149　編　集　部
8113　書籍販売部
8125　業　務　部

ISBN978-4-334-74606-3　Printed in Japan

組版　萩原印刷

お願い　光文社文庫をお読みになって、いかがでございましたか。「読後の感想」を編集部あてに、ぜひお送りください。

このほか光文社文庫では、どんな本をお読みになりましたか。これから、どういう本をご希望ですか。

どの本も、誤植がないようつとめていますが、もしお気づきの点がございましたら、お教えください。ご職業、ご年齢などもお書きそえいただければ幸いです。当社の規定により本来の目的以外に使用せず、大切に扱わせていただきます。

光文社文庫編集部